L'ECHO
DAVPHINOIS.

Sur le congé donné à Madame la Con-
nestable, de sortir de la Cour.

M. DC. XXII.

L'ECHO
DAVPHINOIS,

Sur le congé donné à Madame la Con-
nestable, de sortir de la Cour.

Incensible à mes cris qui osera pour moy,
Chanter de nos malheurs le sujet sans esmoy

                    Moy

Nimphe qui de tes creux à ma plainte reclame,
Redis qui d'vn brasier nostre Prouince enflame

                    L'ame.

Quoy? celle de Colligny, qui pour n'auoir fouy,
Du saint hache pourtant eut l'œil tout esblouy

                    Ouy.

A ij

Voire, que nous fera ce fardeau de Gadouë,
Quand bien il crocheroit tous les os de la Nouë.

Mouë.

Ie pense à son retour, mais dis où me fait voir,
S'il est venu dedans ou d'vn plus blanc manoir.

Noir.

Quand donc de nos ayeux rompra la sepulture,
Ce Cadaure essoré des Corbeaux la pasture.

Asteure.

Luy seront les trasons qui s'en rendront garands
Si desloyal au Roy, on la surpris errans

Errants.

Qu'appellez vous errans où du tout phreneti-
ques,
De corps & de raison faits dans leur airs etiques

Hereticques.

Que veullent ils ialoux sur nos droicts ponctuer,
Ou plus sinistrement sur nous effectuer

Tuer.

L'assasin va tousiours, sans Dieu, sans Foy,
sans Loy,
Luy veulent ils tuer en si grand desarroy

Roy.

Helas qui desormais le blasme de nos Lys,
Voudra victorieux venger comme Clouis

Louis.

Est-ce le I V S T E Roy, qui les rebelles mine,
Luy donc tous ses dessains traitreusement ruyne

Luyne.

Aueuglé Courtisan qui ne bechoit qu'à l'Or,
Luy a rendu ses faits & son nom si tref-ord

Tresor.

Il pouuoit acquerir vn immortel renom,
N'a il pas ensuiuy le sage d'Espernon

Non.

Luy dedans le Solstice, d'vn si grand deshonneur
Ietta ce Rodomon, du haut de son bon heur

Mon-heur.

Il est mort, mais sa mort, si tu t'es bien enquis,
Desastreuse, a plusieurs vn grand mal a acquis

A qui.

Prophete ie ne suis, croy que tu me contente,
Disant qui est celuy duquel branste la rante

Brante.

Ce n'est pas en luy seul que le malheur se plaist,
Scais tu qui treuuerra entre tous son cas net.

Cadnet.

Mais pourtant, ny leur mal, ny ce iuste trespas,
N'arreste des mutins, le fer, ny les appas

Pas.

Qui peut auec le Roy par vn arrest seuere,
Amortir les flambeaux de ceste guerre amere

Mere.

Que souhaitte Monsieur à ces gros flancs de
terre,
Luy font biansler sous eux du monde le parterre

Parterre.

Si le Roy & sa Mere, ainsi se sont fondé,
Luy à leurs saincts projects sagement secon-
dé,

Condé.

Le Comte de Soisson, en vertu si parfaict,
Ne suit-il ses ayeuls qui ont tous ainsi fait

Si faict.

Ceste sage Clotild. veut exaucer l'Eglise,
Et luy contre Huguenot son coutelas aguise

Guise.

La valeur de la Foy dans son tige me meine,
Dis qui en a rauy le valeureux du Maine

Hayne.

Ioinuille que ie joincts auec de Longueuille,
Scais tu comme il rendra ces affamees villes

Viles.

Ainsi fera ce Duc autant loyal qu'expers,
Aux loüanges duquel ne faut prose ne vers

Neuers.

Vantadour qui ne veut que le Soldat saccage,
Que fera il du lieu qu'il l'aira au pillage

        Village.

Heureux, trois fois heureux, des princes le retour,
Vers nostre Iuste Roy, ou s'en va d'Halinçourt

        En Cour.

Que disent ceux Donix, pendãt qu'on les har-
celle
Qu'il faut pour enuahir la mutine Rochelle

        Eschelle.

Leur Loup gris, que veut il, pour retourner
content
Et rendre au Roy la ville à ce nouueau printemps

        Prou temps

Montauban fait le fin, s'il ny a point de trai-
stre,
Pense tu que le Coq aduantageux d'eut estre

        Peut estre.

Des doutes importans tu ne me resous point,

Dis moy, s'ils ont tousiours les forces, & en bon
    point

                    Point.

Ie tairay volontiers les leuées des Princes,
L'argent est il sorty des villes ia prou uinces

                    Prouinces.

Entre celles qui ont leur deniers consigné,
Nomme moy celle là qui a plus haut finé

                    Dauphinè.

Que deura esperer vn François & chre-
    stien,
Des tailles & imposts desquels il me souuient

                    Bien.

Ie te l'accorderay, pour ceux qui sont passez,
Dis moy à l'aduenir s'ils seront tous cassez

                    Assez.

Cognois tu ces tenards, qui ont fait des cla-
    piers,
Et dis de quel humeur sont ceux de nos quartiers
                    Altiers.

                      B

Leur retraitte est bien haute, & leur posture
   fiere,
Qui les attacquera pour ny hazarder gueres

Desdiguieres.

Que doit là esperer sous luy le Dauphinoie,
Si heureux & vaillant il conquit la Sauoie

Voye.

Le temps me dure fort, quant vne affaire
   traine,
Croiray-ie qu'en briefs iours il gaigne les sau-
   dines

Semaine.

Ce Marquis S. chaumont qui nous est si voi-
   sin,
Contre qui fait il coup, par son propre cousin

Ponssin.

Le Comte Maugiron qui commande à baguette
Qu'est-il à ceux de Bay ou foudre, & ou bien
   tempeste

Peste.

La Mure luy deuoit iadis donner effroy,
Qui luy fait d'vn plastron se ceindre la courroy

        Roy.

Si ce de ce Vienois & vray Codrus aux armes,
Est Naüré, quel recours en ces chaudes alarmes

        Alarmes.

Si ne puis-ie ialoux de l'honneur de ce Comte,
Taire le coup rusé qu'vn chacun me raconte.

Echo fort à propos tu sursois tes redittes;
Voiant dans mes sanglots mes paupieres confites.

Ores à quoy Louis reduit-il ces vauriens,
Qui nous traittent (cruelz) pire que l'Arrien

        Arien.

Tu importune Dieu, pour en faire vn spectacle,
Quel donc à leur endroict demande tu miracle

        Racle.

Echo ie te mercie, & t'asseure en ce lieu,
Faire veu pour le Roy, & mon païs à Dieu
        Adieu.

QVATRAIN.

Sur le Coup de Monſieur le Comte de
Maugiron, Maiſtre de Camp pour le
Roy, au ſiege de Bay, ſus Bay & Pou-
ſin.

Par le meſme Viennois.

De l'Achille Gregeois, ſi le talon mortel
N'euſt ſaigné, ſon renom ſeroit incomparable,
La France, Maugiron rendroit tout immortel,
Sy Nature ſon Col euſt faict invulnerable.